迷彩交响

王方方 著

陕西新华出版
太白文艺出版社·西安

图书在版编目（CIP）数据

迷彩交响 / 王方方著. -- 西安：太白文艺出版社，2024.3

ISBN 978-7-5513-2560-8

Ⅰ.①迷… Ⅱ.①王… Ⅲ.①诗集－中国－当代 Ⅳ.①I227

中国国家版本馆CIP数据核字（2024）第012697号

迷彩交响
MICAI JIAOXIANG

作　　者	王方方
责任编辑	付　惠　杨钰婷
封面设计	Adieu
版式设计	毂+张洪海
出版发行	太白文艺出版社
经　　销	新华书店
印　　刷	西安盛业印务有限公司
开　　本	880mm×1230mm　1/32
字　　数	80千字
印　　张	7.5
版　　次	2024年3月第1版
印　　次	2024年3月第1次印刷
书　　号	ISBN 978-7-5513-2560-8
定　　价	58.00元

版权所有　翻印必究
如有印装质量问题，可寄出版社印制部调换
联系电话：029-81206800
出版社地址：西安市曲江新区登高路1388号（邮编：710061）
营销中心电话：029-87277748　029-87217872

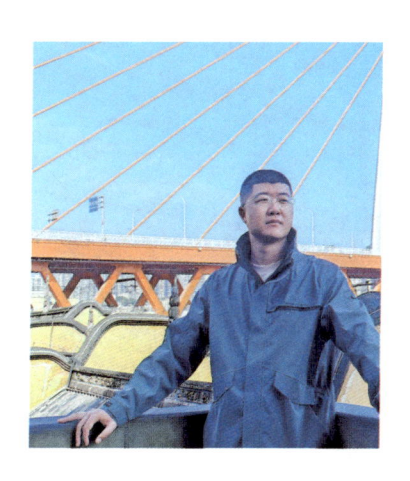

王方方

1985年出生,江苏邳州人,中国作家协会会员,著有诗集《马兰诗篇》《孔雀河畔》《战地笔记》等。

目录

第一辑 梦驼铃

阵地传唱的歌	03
与一株不知名的草相遇	04
星光	05
选点	06
面对一枚子弹	07
关于你	09
夜	10
一场雪掏空我的悲伤	11
你说离别	13
红柳安全帽	14
向战场进发	15
拉歌	16
露营	17
露营时想起你	19

大雪之下	21
清理战场	22
狙击手只有一次开枪的机会	23
沙漠	24
一场风	26
月光	28
霜降	29
夜间野炊	31
阵地上	33
家属来队	34
策应	35
细雨中	36
迎面的风	37
待机	38
微雨中的光	39
大风蓝色预警	40
降温	42
当我听说你的故事	43
警戒	44
底细	46
先遣,或直面生死	47
战地玫瑰	49
秘密天梯	51

一阵风经过窗口　　52
果树下　　54
祭扫　　55
最后的火焰　　57
你的脚步即将穿越乡村　　58
野外找点　　60
与此无关的情节　　61
行进　　62
新兵连　　63
集合哨声响起　　64
身影相似的人　　65
迷路的影子　　67
希望　　68
老兵的伤口　　69
考核成绩登记册　　71
潜伏的士兵　　73
攻关记　　74
军功章　　76
拔军姿　　78

第二辑　天地间

假象　　83

流动的印记	84
边关月	86
人类的悲欢并不相通	87
光线的明暗	91
乌云的缝隙	92
再回训练场	93
一棵树的回音	94
经过黄羊沟	95
你不必说道歉	96
夜晚，阵地的呼吸	97
海峡	98
未选择的路	99
训练间隙的琴声	100
营地的歌	101
匕首	102
水壶	104
游动哨	105
宿营	106
压碎的唇膏	107
炊事班长	108
防弹墙上逝去的爱情	109
她的生日	110
下象棋	111

炸点	112
抵近侦察	113
装甲突击	115
装备研究	116
胜利返程	118
伞降	120
轻装上阵	122
点名	123
前线	125
傍晚的天空	127
晨露	128
阵地旁的红柳	130
老兵的手艺	131
构筑掩体	132
老兵的夜晚	133
回老连队	134
伤痛	135
雪,开始下	136
训练场	137
离别谣	138
开火	139
钢盔	140
训练场的沙	141

演习结束后的清晨	142
构筑阵地	143
旧军帽	144
水壶里的秋色	145
阵地尽头	146
登高	147
有线兵	148
营救	149
袭扰	150

第三辑　望星空

夜哨	153
伏击	155
渗透	156
界碑上的霜花	158
不说再见	159
海训	161
南陲	163
高原战士	164
红花油	166
挡风墙	168
新兵下连	169

先遣	170
夜间起降	171
快速索降	172
编队飞行	173
子弹	174
瞄准	175
经过玄奘之路	176
莫高窟	178
玉门关卫兵	179
巡逻记	180
沙粒上的倩影	182
小欢喜	183
玉门关	184
戈壁滩的脚印	185
火网	186
数据采集	187
小方盘城	188
集结	189
沙尘暴	191
炮火与星光	193
界碑谣	195
戈壁的风	197
冲击波	199

营房外	201
一只鸟飞过车窗	202
落点	203
爆破	204
进攻	205
望星空	206
大漠秋雨	208
坚守	209
一束光	210
回望	212
不愿道别	213
昨夜的梦	214
矛盾的自我	215
防空警报	217
休兵	218
某种启示	219
由清晨的闹钟引起	221
重复的梦境	223
苏醒	225
莫名	227
开进	229
你与远方	230

第一辑 梦驼铃

阵地传唱的歌

平静是风暴的另一种形式
一把被弹片抚摸的口琴
跃动,于沙哑的战壕
火药耕耘的焦土统治着夜晚

洞口温暖,乌云飘逸
月光逐个平息火红的眼睛
一首唱给妈妈的歌
在泪光中闪现故乡的长路

此时的阵地,是一部传世的乐谱
需要最纯真的听众
我和战友,是一个个被遗忘的音符
消隐于时空重复的影

与一株不知名的草相遇

爬行,小心翼翼接近瞄准的眼睛
此刻,露珠变轻
一株草越来越茂盛
她的名字,丢失
于即将兴起的绿色帝国

我想,她也许会开黄色的花
从恬淡的细雨开到神秘的沙
从无所不能的童年,开到各有去处的中年
如果,放下延展到窒息的思念
我用风声计量沉默的时间

关山万重,一株草是否停止畅想
她或许飞翔很远的路程
最后还是变得轻盈,宁静地扎根、开花
先于我,在一场生死中唱响属于自己的歌谣

星光

翅膀告别鸟鸣,你开始告别月亮
放下蔓延到睫毛的光线
阵地把香留在你的手心
接近完美的边关——
空气让子弹远离胸膛

无论是一种固有的表情
还是与花朵无关的牵手
眼睛的锋芒,是一片不可遗失的落叶
鸟鸣的虚空之美,又红又亮

天空沉默,殆尽了海洋
这一夜,你栖身于啁啾的洞穴
无数星光,新鲜地洒落
寻找着一个更深的旋涡

选点

仿佛注定,指尖上的罗布泊
是一片微弱的雪花
这儿是玉门关以西
火热的呼吸,灌满耳朵
脚印时深时浅,似乎凌空高飞
事实是,站立于沙粒之上
我们的影子没有离开

静立的风,一波接一波
陷入纹丝不动的海,水滴里的群山
比敦煌的飞天,更像壁画
金色的空气,在雄伟的标桩下盛开
夕阳过后,月光清冷
这是我们前世的家园

如今,一棵胡杨轻轻摇动枝叶
故乡的回音,于唇齿间颤动

面对一枚子弹

我不明白露珠折射什么光芒
愤怒的铜矿,抵达
眼眶之外,风吹动
安然的山体开满春天的泪水

我不知道年轻的胸膛
收藏多少思念与寒冷
灯火沉睡,呐喊与雪花
慢慢消散,鹰在天边激昂
——所有的爱与恨
拥有同一处根源

必须有人背对故乡
必须有人让子弹穿透心脏
战争似乎微不足道
当弹头熔铸为白鸽的雕像

——界碑还是一块庄严的石头

而我,已有比月亮更完整的惦念
比如,一面军旗、一个军礼
以及刺刀里冲锋的影

关于你

走你走过的路
唱你唱过的歌
白裙子,在花丛间
收集月光和你的气息

岁月的黑白键
采摘一顶顶期待开放的花冠
很多次,我想呼唤你的名字
声音被一颗颗流星牵走

不忍回首,我怕被你知道
一副安然表情下
埋藏的那个天涯,有多盛大
又有多微小

夜

风,穿过准星的缝隙
轻轻试探战壕的气息

森林里,堆满炮弹的碎片
口琴被硝烟侵蚀
歌曲中弥漫彩色的味道

夜已深,你还在揣摩下一次冲锋
月光,被一颗子弹掀开面纱

一场雪掏空我的悲伤

走不尽的森林

邈远,朦胧

栈桥在枝叶上飞

我手捧花朵

指纹间眼神凌乱

冷风阵阵

反复十二月的讯息

逐渐下沉的弧线

点燃一盏灯

我心里的圆

已成形

灯下,你的影子

剪不断。界碑之外
我唱着一首黄河的歌
等你归来

你说离别

去年冬天冷,今天春光尚好
你说,穿不过雪的白、夜的黑

万物萌生,多少星辰陨落
我不愿喊疼,天空中刻着轮回

日子慢慢走,白马
暂停桥头,请你莫回头

樱花红,杏花白
去年经过的人,你还来不来

红柳安全帽

名字动听的事物,一定有
更加隐秘的来处
沙粒上未响起竹笛声
一些光线静止,博斯腾湖边
骆驼刺、芨芨草……
在万顷波澜下展开翅膀

山峦肃静,风声阵阵
偶尔有鹰的影子滴落
一滴,在粼粼的叙述中
闪烁。另一滴
带来久远的绿,和潮湿的语气

向战场进发

石头上的文字
隐没于苔藓
你坐在车厢的末排
看见泛黄的石榴花
又看见大片的芦苇

夕阳照着芦苇
泛起黑色的波纹
你仿佛站在队伍之外
抚摸着鲜亮的石碑

你一遍遍把思念
藏在晚霞
生活流动着油画的笔触
波光忘却破碎的记忆
未来,是那么美好

拉歌

火焰,静默中发芽
指挥员的方向,汇聚万千星火
顺着队列的态势,精确占据上风

两军对峙——
声音和气势,仿佛弹药
在阵地制造万丈光芒
加入三十六计,加入钢铁和梦境
燃烧的血液,于夜空奔腾

终究冲锋陷阵,终究一触即发
军人的歌喉需要英雄的舞台
朔风砭骨的冬日,吼出旷世暖阳

露营

一个人的天地,不是真实的天地

用一只手牵着风,用一只耳朵
在云底,听雨的呼吸
崭新的星星,像一枚枚勋章
闪耀在海水之中

我的身后,松涛上升
海水消隐,露出野花和盐粒
像浴火的铁,不知要跋涉多少风险
才能返回曾经的宁静

逆风的鸟,是打进树影的补丁
强行军经过了一半,脚下依然明亮
而脚步是八月的一块冰
帽徽上月光荡漾,那样痴情

像反复进入大海的潮水
这么多年,我一直在阵地隐居

星辰和兵器,保持安静
作为一个总想和黑夜聊天的人
除了于内心埋藏悲悯
一直等待,黎明掀开鸟鸣

露营时想起你

时间从不记忆
没有什么事物可以让它起伏

此刻,我用流星练习放弃
跃出湖面的鱼群
飞离湿地的鸟儿
重新出现,在天空背面
你,于牵手或告别之处
羞涩地转身

我,总是躲在世界的另一端
立于冰面,甚至紧抓绳索
像晨雾中生长的水滴
期待着,并拒绝阳光

其实，浅薄的夜里

星辰很少，月亮很多

我逐渐学会

用心跳计量醉去的时间

大雪之下

荒原茫茫,边防线更加漫长
思念的眼神,如雪
——高原生长特有的皱纹
对于家人,陷入放空的回忆

凛风呼啸,蹒跚爬行、牙牙学语……
一再错过,山谷里
探亲的爱人带来一捧微光
老兵,对家的亏欠更加醇厚

雪山不语,碎石沉寂
戍边军人拥有相似的脸
流星在回归
哨所的脚印,日复一日

清理战场

浑浊的光线与清晰的靶标之间
获得荣耀的山炮变得寡言

弹道不曾改变
离开爱情而存在的曲调不曾改变

博物馆的雕像正在复原
弹头逐渐构成观众熟悉的典故

人们终会习惯,眼前的一切
被从未征服的结论掠走

我们在刀刃的反光里
看到丢失已久的语言慢慢衰老

狙击手只有一次开枪的机会

有些眼睛,因为接纳太多阳光,隐忍了泪水
有些臂膀,因为枪口与弹着点的关联,忘却了舒展
有些手指,因为在瞄准镜内一闪而过,成为下意识
狙击手,披着夜色进入金属
化作潜伏的猎豹,等待目标随时出现

距离、风速、气温、湿度……
与身外的一切成为密友
测距、计算提前量、击发……
先一秒出手,多一分胜算
目标在火光的影子里倒地
此时,星辰保持静默
准星的呼吸,在一根头发丝以内

沙漠

你我皆是沉默的事物
矗立于沙漠中彼此熟稔的身形
暮色里渐渐释放
每一粒沙从湖岸跃起
河流封冻,星星一颗颗垂落
群鸟的翅膀纷纷扬扬

罗布泊一夜就黄了
当人们为伟大和永恒而惊叹
我不了解它的善意
或许,此前已经预谋
岁月从指间溜走
要用什么方式对待弯曲的秧苗

消解的爱可以用来解读命运
受伤的手指不时抚摸旋风

稀释生活的痛

不同的味道都那么小

爱到无边荒凉,爱得像恨

一望无际的浓荫

应该拥有一颗茂密的心灵

释放着芳香和辉煌

吸引更加依赖的事物

扎根在被囚禁的移动下

一场风

风,吹过村庄,树叶飘入水面
一波暴雨覆盖
我想,一定有一座房子属于我
像童年的电影
我会在村口等到很晚

有时,来到故乡老屋前的小菜地
那些黄瓜、豆角、番茄、草莓
平庸之下,它们制造快乐

风还在吹,有些窗颤抖
紫色的黎明中
落水的过往争先恐后地上岸
我知道,一定有一座房子属于我
我会在门口等到很晚

有时,我也想成为一场风

吹散所有饱含泪水的事物

像搁浅的鲸鱼,落向苍老的海面

月光

月光下
黑夜,把湾流、滩涂
长大的巨石
和一切静默
注入岁月的恩赐

一支急行队伍的
侧影里,呈现
月亮的回响
激荡起迷彩的旋涡

拯救钢铁的队伍
在大地的深处,前行
任由光线倾泻
于奔涌的发梢间

霜降

开始另一种生活的意向,更加强烈
大幅的降温,让你终于感到
秋天的到来。今天,就是最后一个节气
一年又一年,寒霜落向芦苇的白絮
狗尾巴草的籽、茅草的叶尖
岁月剩下的部分被唱成一首歌

温差使平静产生微妙的移动
对于时光的恐惧,已被额头上的纹路
慢慢凝固,甚至生与死
枯黄的底色里,一夜之间
披上粉末状的结晶
覆盖一切,包括一无所有的中年

曾经的影吹弹欲破,很多新鲜的欲望
于阳光下蒸发,没有留下

一丝快意的水痕,仿佛

一片芦花,在初生光芒的照耀中

无声摇曳,此时

你正立于白露深处

夜间野炊

在泥土的骨骼里
消解作战靴下的阳光
迷彩荡漾
射击的枪声结晶
一切的阴暗,都被过滤

让舞动的营盘
饱含烟火
让钢铁的身躯
注入河流
让警觉的神经
融化在断崖
一切的虚构,都成碎片

此时,相信火的心跳
相信光的名言

放下愤怒与仇恨

一切的轮回，都是本源

阵地上

星辰安静,巨大的
声音,来自破碎的石头
和枯黄的小草

洪流汇聚,吞噬
帐篷和装甲
(哪些是正义,哪个是仇敌)
愤怒之火点燃
原野。天空之下
人类多么渺小

又一颗流星划过
有人膜拜暴力
有人幻想神灵

一把枪,正预谋走火……

家属来队

罗布泊的雄鹰,庇护戈壁苍茫
孔雀河的水从丰沛流向干涸
博斯腾湖,依偎着天山
开都河桥一次又一次,在梦中闪现

他与她都记不清,多久未见
照片中的记忆已成碎片
没有信号的手机,等待、忐忑
持续到激动、焦灼

家属来队住房,从冷清到热闹
又恢复冷清,莲花盛开了
一场雪引着她,到来
如同一曲水墨江南
苏醒了,边疆的春天

策应

另外的一段旅程
退隐到时辰的深处
目标已被圈定,宁静与平和
以毒攻毒

寻找一个更为清净的去处
现实布满危险和困惑
风从无遮的远方吹来
浮动战场,投入疼痛和快感
胜负被拒于意义的门外

所有的战士,在黑暗中
向一株花朵致敬
以缄默的歌声
赞美永恒,一切皆无的世界

细雨中

细雨如墨,写就悲苦喜乐
言辞在昏黄的灯光下,遥望
村口的少年意气风发,怀抱天涯

朦胧的窗户,暗示
一些颤抖的雾气。话题沉重
临近的命运反复扣紧
年少的形象去而不返

栖身于古谱中难以化解的残局
预感未来轮回的故事
枯枝上的雨滴,和福祉的梦境
流动,在大地愈陷愈深的内核

迎面的风

似乎,终于熬过漫长的局促
迎面的风赋予柔和的曲线
雨滴绕过脸庞,道路闪现微光
(堆积的日子,深入手掌的纹理)

更远的浓雾里,智者失眠
无疾而终的色彩和黑白
像一种庞大的秩序
爬升、降落,过滤所谓的意义

待机

迷雾朦胧的傍晚,一万粒浮尘
在道路上游走,好像一万颗星辰互相指引
因为莫名的光——
旧太阳的碎片组成新太阳,升起
曾经的暖。闪现于湿润的原野和老屋
无边的老屋蕴藏无尽的水
返还给我,一幅无垠的画面
透过画面的深渊,我不确定
抖落一身的烟尘源自何处,仿佛
酝酿已久的相遇,部分挽回了流逝的一天

微雨中的光

路灯未明。灯箱的光

洒向自行车轮和孩子的滑板

暗处的草木于水滴中

更加富有冲动

路面的倒影,仿佛

不停移动的光源

寻找耐心的寄主

这个时辰,只有光,在回忆

用一种浩瀚,塑造

天空中永恒的飞行

只有光,会遗忘

在大地的画布上,涂抹

一层崭新的天空

大风蓝色预警

此时的蓝,仅是表象
随时有一株云,托不住
桂花的重压,坠落下来
随时有一方叶
匆匆与树枝道别
了却一生

似乎,大地与万物
相互爱恋,相互依偎
逝去的日子,曾经的溪流
成就灿烂的印记,月光下
错过的言语,飘向
谁的嘴唇
一个平常的十字路口
速度,把深秋分成
两个排斥且关联的世界

于苦难中追求甜蜜的人

细数所有的孤独和清冷

一场大风

让谁落入心痛的潮流

成为，依靠回忆疗伤的无家之人

降温

火炮的轰鸣在急促的气流中
陷入更深更短的绿

秋风弈黄,鸟叫的弧线
落进一段日落后的影

一片竹林收藏一捧月光
河水定格鸬鹚的眼神

伸出手,已握不住天空的隐喻
太阳转过街角,遁入一堵白墙

又是一个季节的宿疾,像一场
不再甜蜜的恋情,以及微妙的拒绝

我们和落叶在一起,风穿过
带着时光断裂的细致回响

当我听说你的故事

在戈壁的余温里

向星星挥手——

表达某种服从和赞成

无端的命名把天空搅动

一切都可以分离,可以成为镜像

预言破碎,意义模糊

那些规则与错误,托举美好的夜

黎明的光线,不构成希望

或许是凋零的初衷

——虚无的等待

警戒

警惕的脚步

在丛林里

寻找缠绕的谜团

地图眩晕

瞄准镜不相信陈述的表象

爆炸之后,敌人

迅疾消失

宇宙广阔

眼眶仍旧狭窄

多余的叶片

被随手摘下

仅仅过了三秒

电波开始急躁

再次贴近大地的感官

像出生的胎膜

重新将我们包裹

底细

不一定联想大海
不一定看到鱼或者浪花

事物的轮廓越清晰
曾经等待的人,身在何方

波涛向地平线爬行
湖底的微风逐渐显影

我们重复空空如也的荣光
像一切未曾发生

先遣，或直面生死

必须提前出发
精致的伎俩，瞬间变幻
如果落后一个脚印
红与蓝产生莫名的交替

一场对弈，为了一面旗帜
仿佛映山红，来自故乡
你向亲人转达歉意
未知的道路是诱惑的谜
解答，拥有心满意足的味道

期望，等待于灯盏下
让指尖更加坚决
手心捂热冰冷的命题
怒放的弹片，是一场烟火

你告诉战友,"先行上路"

会师的鲜花,或许开在战地
更期待挂在胸前,契合阳光的和弦

战地玫瑰

斑驳的黄沙——
谁曾见过玫瑰绽放之美
深红的房门,紧闭
人群穿梭于瞬间的黑白

炮弹不区分善恶
光线于身影后,越发模糊
当一只手赠予硝烟以爱情的芬芳
受伤胸膛的光泽
让故乡的朝阳更加温暖

——这是唯一的彩色
托举天空、战友和阵地
我们抚摸夜晚
仿佛轻挽泪痕满面的恋人

月亮照耀眼神的不舍

无际的原野上

玫瑰歌唱梦中永恒的离别

秘密天梯

意料之外的深秋,被泪水清洗
落叶如星子,静坐在屋顶

耀眼的灯火匆匆倒退
光线温暖,印刻着呼啸而过的幽暗

我似乎忘却了,归来时的铁轨
车窗上的影略显伤悲

亲人对行程一无所知
顺着滚烫的梯子,摸索微小的黎明

清晨,雪花不动声色
任凭我逐渐辨认另一个人间

一阵风经过窗口

乌云的眼泪
落进蓝天的掌心
和湖泊

布满烟尘的雪松
穿过黑暗
捡拾田野的光

两个人的脚步
延续,一种
走向未知的默契

我们屏住呼吸
前行的时间此时停顿
与似曾相识的过往重合

一阵风经过,所到之处

通往玻璃深处

包括夜晚吐露的忧伤

果树下

那些浩荡的花

多么晶莹

像年轻的水手

扬起帆,回到海角的浪尖

那些怀抱梦想的叶子

渐次抽芽

随着光线,深入

一段无始无终的路途

隔着春风的人们

无法知晓彼此的挂牵

就像,有的雪终究没有落下

有的人终于还是走远

祭扫

轻灵的花瓣落了一地
鲜红升腾在荒草间
像枯萎的落日
即将沉入黑色的湖泊
——湖面上
牺牲的战友向前，我与
倒映的身影紧紧依偎

曾经高大的背影
被风吹着，像动荡的芦苇
每一步都小心翼翼
偶尔，身披大雪
面对一片星空长坐

记忆急速密集
泪滴无处安放

花朵以火焰的形式微笑

我慢慢落入湖心

暮色中最后熄灭的光源

托起生存与死亡的渴望

最后的火焰

夕阳的刃收割着大地。萤火虫的
灯盏是否通向另一个世界

寒冬的翅膀与月亮相伴
港湾用来抵御死亡
总有一个结果
被折断,或者等待黎明的睡眠

认清火焰的本源,并非易事
道理似乎很简单:因为逝去,才懂得面对
因为面对,更明白珍惜
像根部的灰烬,延续火把的颤抖

一切归于光照。温暖的黑暗
慢慢充盈夜幕下的眼睛

你的脚步即将穿越乡村

房屋越退越远,麦田越走越近
沿途的人和物
排列,在乡村的小道
田野逐渐昏黄
隐入偶尔清晰的梦中

故人一个个,往事一件件
静静飘散
曾经的炊烟,停留
在地平线的远端
你成为乡村的另一只耳朵
让整片土地,于时间收获的深处
失去听觉

曾把一朵花,寄放在河流的尾部
曾把一首歌,镶嵌在墨兰的星空

辽阔的鸟鸣,与哪一场日出有关
北风萧瑟,谁获得了不为人知的隐秘

绚烂的你挥别无灯的夜晚
堆积的柴草保持平静
一粒沙尘,终于融进一滴水
连同若即若离的岁月边缘

野外找点

阵地上,一个谜团
寻找另一个谜团
像失散多年的亲友
褪去眼泪
才能重见生活的真谛

失修的地图,加重
图板的喘息
点与线慢慢剥离
面目顺着蝉鸣的方向
逐渐凸显,战友的呼吸
于向日葵上开放

周而复始,我们的解读
深入阵地的软肋
较量之后,平息的电台
像永恒的谜团

与此无关的情节

我们自身都很渺小
外面的世界散发光和神秘
有种令人惧怕的东西始终存在

死亡是生的另一种可能
很多情节,无法隐匿于未知
停顿时密集的声音,像一张

庞大的网,从母亲举起的炊烟里
从父亲永恒的地名中
扑向我们的身体

此时,有些爱恋脆弱
有些仇恨虚掩
有些故事终结于某类存在

行进

目标点在地图上闪烁
徘徊于岔路口,你让
黑色的棕色的绿色的蓝色的
标记,回归
村庄、山谷、丛林与河流

各就其位,态势温婉如风
你和火焰置身于,颜色褪尽的
纸上。某个高地顶端的老树
越过它的诞生,回望
消失后的过往

无论何时,找准方向
是最纯洁的回答
你的目标点,始终在队伍的前端

新兵连

营盘辗转,关于新兵连的温暖
始终坚固。口号,是一种
特别的燃料,在青涩的喉咙里
锤炼出成熟的战士,直面刀锋

新兵连依然泛着微光
头顶的枝丫塑造一棵树苗
血液保持朝向天空的姿势
标尺的刻度深入年轮

崭新的面容,在装甲里蓬勃
战壕奔跑,每一粒烟尘荡起一次呼吸

集合哨声响起

营院的空气被撞破,残存的
黑暗慌忙出逃。钢铁集结的脚步
快于阳光,越来越小的帐篷
抖落多余的语义

战士嘹亮的口号,与
起伏的阵地交谈,一夜的心事
落入几粒途经的鸟鸣
逐渐清晰的合影,隐藏于
一朵披在装甲表面的云

身影相似的人

总会有一个身影相似的人
细雨中,传播花开的气息
花瓣朝向天空
多像你我平淡浅薄的一生

雨滴击打花蕊
枝叶发出痛苦的声音
每一个日子,或阴暗,或绚烂
有来处,有归途

充盈力量的眼神,收紧拳头和步伐
与寒冬的麦子一同跨过发亮的轨迹
奔向无人知晓的所谓远方
像一只蜜蜂,微尘里唤醒僵硬的身体

用小小的颤抖度过新鲜的春光

也许你善于遗忘,而我擅长收藏

石榴树投下的影,停在花尖的露珠上

迷路的影子

一条弧线,以及
这个时节的某个片段
把影子丢在原地

于是,有人在记忆中铺展道路
有人在角落里练习验证

一定存在情愿相信的借口
直到季节的身段越来越矮
雪花把山川涂得单调

一个炮声隆隆的清晨
我与影子栖息,成为彼此

希望

我知道,停留在阵地前
就能看到无数个自己
峭壁上攀爬
许多人已经消失,许多事还在继续

悬崖宽厚,比想象中遥远
我必须搭建一座桥梁
穿越一朵未知的云
太阳一次次沉沦,一次次苏醒

我知道,这座饱满的城池
言语驳杂,字迹模糊
需要很多耐心
才能找到一支合适的笔

用硝烟这款墨
丰富十八个失而复得的阵地

老兵的伤口

钢铁的表层覆盖,伤口
在一个纵横的掌心
排列,成为一种图腾
——像父亲在山坡背面开垦的田地

点燃的火焰,与光线对抗锈蚀
厚重的热情,是班长退伍时
埋下的一颗种子——
当它重新被审视,内部完好如初
连队生长茂盛的表情

硝烟青涩,与汗水、血液
混合。战炮跳跃的温度
迎合着疼痛
一次次反复,老兵在角逐时
校正秧苗

用浓烟滚滚的腰杆

把岁月装订成册,属于老兵的

一个个战位慢慢浮现,仿佛墨迹

于比武记录中透过纸背

考核成绩登记册

那是战士的口粮
在连长冷酷的笔迹中扎根
炮火的爱好及孤独，施加养分
战争的伦理，期盼收获
（需要怎样的理由与论证）

"在爱情与战争中，所有的
都是公平的"
登记册浅薄的深处
战士劳作的汗水
升起，朵朵炊烟

冰雪如墨，班长抬起手臂
把新兵散落的荷尔蒙
从一个个脚印里拎出来
让父辈眼角的疑问

划上惊诧的叹号

生命同等宝贵
光荣与否,是战争的第二属性
战士们囤积的果实
始终装满挎包

潜伏的士兵

呼吸是一把刺刀
空气有毒,一只警戒的蜻蜓
寻找生疏的氧

叶片是精准的预言家
微风耳语。识别的口令
悄悄掘进

深入泥土,索取
闪电,或鸟雀

攻关记

你潜入夜色
最原始的波,已匍匐多日
没有赋闲的语言
光芒闪耀在尽头
你必须瞬间抓住火焰的蓝
或者利用更多的公式
搭建一座通往彼岸的桥梁

涟漪的远端
关于事实的思考追逐马蹄
你如草原的闪电
背景是微明的晨曦
那些颤抖的故事
引你通过黑暗与激流

一场烽火正在赶来

宏大的装置与微小的粒子

保持安静

真理拒绝飓风的埋伏

你拂动一抹春色

孕育出满山数字的杜鹃

军功章

号角已经飘散
硝烟的味道封存于时间的核
旗帜,时常在军功章上闪现
图案里,有人察觉倒下的影
阵地残缺,夕阳陷入焦黑的土
胜利的荣光,金属间起伏

面对晚霞的老兵,依然平静
报名参军时如此
冲锋陷阵时如此
解甲归田时如此……
当他最后一次抚摸军功章
埋藏的光线
逐渐呈现鲜艳的色彩

大地震颤,空气瑟缩

风,在他的胸口吹出裂缝

此时,号角汇聚

逝去的战友,一个一个

从老兵的泪光中走出来

拔军姿

脚下的根茎蔓延
静默中,雄伟的重影
迎来阳光,向上、向上
青涩的眼神,急速生长
——军姿:军人的标识
背包绳、步幅线和台阶
是绝佳的伴侣
修缮不谙世事的表情

拔节的轰鸣
褪去一层层枷锁
汗珠一再擂响战鼓
呼唤自我破碎
或者自我产生的冲动
——与过往道别的人
撞击内心无序的语言

像磁场中的铁屑

骨节作响
感觉逝去又聚拢
挺拔的腰杆之后
是一根根标桩
连接成为流动的长城

第二辑 天地间

假象

从存在的勇气中释放的忏悔
需要宏大的智慧,直面全新的世界
事实那么遥远,绽放在
传说中的英雄,把一切告诉需要的人

真理用水滴掩盖,打着标签的路径
可以安抚各种情绪,而一座
假象的空城,吞噬现实的平淡
美好的幻象始终成熟——
言辞芬芳,让舞台疯狂

不朽的座椅,带来久远的
预言。月光存在于假象,太阳
照耀着希冀。没有青涩新果,火焰
陷入绝望。此时,潮湿的人群
需要一个故事,自圆其说,并保持热爱

流动的印记

即便在混乱中
黑暗与光明的更替产生秩序
记忆的历史片段,闪烁着
移动的铁律——

面对固定的事物
一阵风鞭策发梢
一束花侵蚀笑容
错与对,落入中度的灰
——站在高处,生死
变得无足轻重

空间的深处,文字的意义消散
自然沉默,堆砌缤纷的高度
那些冥想的重复位置,透明
隐伏于世间的悲悯中

亲近土地，远去的痕迹

释放着诱人的香。对比光线的空洞

人们对无声视而不见

终究要回顾，死后的生

比生更急切。不知去处，怎知来处

相聚，为了瞬间，或者一种永恒

边关月

月光闪现，在沙漠、山川
与哨所的缝隙
沙尘将界碑遮蔽
楼兰古城匍匐于夜空
玉门关，终究是短暂的爱恋

卫兵出现，他的面容
是比夕阳更亮的铜色
哨卡的灯火，沉寂于雪花的倒影
远方的嘱咐让寒冷褪去
故乡，是无法风化的顽石

边防线上的圆缺
如一种永恒的梦境
黑白、胜负、生死以及聚散
仿佛月光
充盈，或者虚无

人类的悲欢并不相通

一

空气稀薄,北风微凉
树枝遗落昨日的泪滴
一些时代的尘埃,在日出前
停止呼吸

阳光的叹息,深入
人间的悲喜
夜色广阔,生活的原始面目
逐渐清晰。你我,没有
欣赏众心的镜子

二

比起错失的悔恨,熟悉的事物
释放陌生的毒
云中有远方的消息,无声处

藏着千言万语
虫蚁鸟兽也有欢歌

那些悲伤,与我们的起居相伴
所有的存活,都是死亡的玩笑
细致的爱,也许更加粗鄙

三

相聚在人间,归巢的暖流
消散于轨迹的单调
光线、语气、历史的启示……
心痛重复,我们试图
理解不朽的事物

那些非凡之美,深入眼睛
无法熄灭。翻腾的脚步,离不开

一张单纯的纸。模糊的字迹

是来自远方的告诫——

你我都不能成为圆满的人

四

混乱,产生秩序

无论春风如何吹拂,曾经的容颜

逃不脱固有的死亡

对与错,施恩与背弃

都是身影的组成。流过的水滴

在暗处更加无足轻重,而泪光

闪现,我们的逝去

正是我们的追寻

五

又是别离,彗星的光

穿透篝火的表情。所谓的
心灵之爱,像月亮
寸步不离而又难以企及

关怀是暗淡的河流
曾经构想的美景,有多少结局
在黑暗中破碎
热闹的场所,抽空思考的路径
又到相遇时,你指着窗外
说,"空无一物"

光线的明暗

路口的灯光投射在
雨滴,脚步明亮而潮湿

汽车的尾灯闪动
前方拥堵,行程中隐藏险情

高能激光,快速精确
受限于雾、雨、雪和大气

每一种光怀着至爱与至恨
输出敏感且易碎的语言

我们身上,散布着同样的未解之谜
以形而上的语义

事物的明暗,庄严而神圣
任何一处都是起点,任何终点都可以抵达

乌云的缝隙

乌云是阳光的一种形式
死亡是存在的另一种形式
你开始思考
自身的探索就开始萌芽

此时,光线和雨滴
生命与死亡
构成了存在里最根本的关系
行走于地球,险象环生
生存,是陷入深渊的孤独

终于在阳光下,你认真
迈出每一次脚步
影子是身体的归宿
所有人正处于某种巨大云团的翻滚中

再回训练场

光线锐利

车辙间的青草如颗颗星盏

三月的阵地

火焰急速扩散

去年未曾陷落的眼神

是一面挑衅的旗帜

子弹在晨雾里若隐若现

集结的队伍穿过曾经的战场

瞄准一次,就经历

一次桑田沧海

面对一次,就逃离

一次天荒地老

一棵树的回音

一滴水,与一场雨
是否互为因果
是否,有一条秘密通道,抵达彼此
此时,我与一棵不知名的树
保持沉默,保持顺从

反复的时间里,我偏爱回音
悲哀的落叶,夺走大地的宁静
绝望中的希望,是一株新芽
在树根旁,在额头上
成为一种回答,永恒的瞬间

经过黄羊沟

这里似乎没有黄羊
此时，汽车无法出声
你的眼神，追逐着曾经的光
是的，骆驼刺还是骆驼刺
榆树沟，已不再是榆树沟

再走下去，那些共鸣的部分
更小、更暗
看，年轻夫妻相拥的身影
依然不清楚彼此的目的地
憧憬的烟云，倒映在你的睫毛上

你不必说道歉

夜幕覆盖时
你是否还是一个人在走
你说过,有些雷雨
在阳光下暗淡
渴望于冷风中慢慢安稳

而天气越来越热
路途也越来越遥远
你不希望陷入悲伤
(一种绝对的悲伤)

是的,在掌心里
我目睹了你的雪花
燃烧着、升腾着……
像嘴唇上的泪滴
毫无启示,被阻挡在光线之外

夜晚,阵地的呼吸

香气扑鼻。阵地的呼吸
是海训时数不清的浪花
装满哨兵的耳朵,绵长的乡愁

火炮是盛开的夜来香,陷入
阳光下的战斗。萤火虫化作星辰
哨兵,始终没有伸出手指

夜幕中的山峦,卷起白刃的光芒
世界的尽头,另一场呼吸
缓慢地生成,急促地熄灭

海峡

海浪盘旋而上
有的涌入岩石的怀抱
有的返回遗失的故乡

前进的方式不同,产生不同的结局
即便从出发时就被裹挟
经过漫长的争论,是长久的静默
一切都将变得及时

透过绵延的海滩,沙粒
围绕着回家的痕迹
祖辈的低语,在浪花上升起
像无法捕捉的星光
像一再平静的海面

未选择的路

夕阳后的余光里

没有一个人可以交谈

没有一个人可以回味

多少身影逝去

多少容颜湮灭

多少漆黑的窗户,闪烁在傍晚

其实,有一座沉睡的村庄

我还未穿过

有一段往事,尚未被发现

那时,我漫步在冬日的夕阳下

未曾选择的道路上

积雪更加洁白、厚重

训练间隙的琴声

天空无云。阵地旁的溪水上涨
硝烟穿过久远的落叶
子弹壳深入土地,以及古老的战争
车辙深刻,仿佛故乡悲痛的皱纹
装甲的光波,安慰树木的忧伤
对决的胜负,不是单纯的装饰

山川脚下的帐篷里,琴声
是雪莲花上的谜,仿佛一座未知的城
重新崛起。琴弦上,战士复活
敌人遁形,爱人眼噙热泪
向日葵显现在黄昏,当你我抬起头
消逝的庄园,沐浴着崭新的光源

营地的歌

无数次转身,昨日
开始朦胧。营地的歌
始终能够找到自己

一首唱给战友的歌
一开口,熟悉的名姓从睫毛上
落下来,拥入怀抱

一把潮湿的吉他,在一双双手中传递
关于妈妈的曲谱,让紧绷的帐篷
成为温暖的家

我们都是安静的听众
一个音符成为身体的一部分
并于反复中解开内心的边际
成为另一个繁华的自己

匕首

也许你认为
兵器太热,刀刃太冷

当拭去金属表面的烟尘
江河奔涌,山川咆哮
一队队武士肃立在半空

或许你不知道,一柄刀的
昨天。当锋芒入鞘
某种战栗逐渐安抚,而它
也慢慢平息,成为
野营的餐具或者罐头的伴侣

它似乎保持沉默,安逸于
腰间和手掌。有时,你认为
花儿就如此衰败

过往的盼与望，荒芜着熄灭

当脊背的光照耀着你的脸庞
它成为一种开始，或者一种结束
对于敌人，只带来了它的名牌

水壶

嘴唇被阳光撕扯,如旋风搅动沙尘
迷彩的阴影下,敌人的诡计锐利
皮肤斑斓,珍藏阵地咆哮的回音
那场对冲,让青涩的额头发烫,故乡的呼唤
像贴身的颤动,抚慰闪电的脚步
清晨的露珠、夜晚的雨滴、泛黄的《孙子兵法》
集结,于钢铁的身体
有时经历江河湖海,有时化作戈壁荒漠
火焰、地图,还在延伸
关于甘甜的、苦涩的溪流
(那些生与死的血液)
维系着,喉咙里浑浊的月光

游动哨

灯火闪耀，道路朦胧

乡村在拂动的树影里安睡。梦里的镜子

映照清澈的呼吸。当眼神锁定月光

钢枪深入云底，铺展优雅的霹雳

那些阵地上明亮的身影，决然

深入另一场设计的波涛

而繁星迷幻，草叶的交错，呈现边关的离别

营盘涌动时更加坚固，曾经的战友

已归于平静

含苞的依恋，于家园的涟漪中绽放

军营爱流水的兵啊，风的馨香

温暖着一茬茬脚步

夜晚终将落幕，清晨在脸庞的轮廓上闪烁

盘旋的岩石，阳光中扎下新鲜的根系

宿营

地图安静,指北针放松
微风吹拂帐篷的一角
军歌涌动,嘴唇清澈

大地越苍茫,小草更妩媚
深藏的幸福是照片里远方的笑
当晚霞温柔,餐车开始演奏交响
饭菜的合唱有母亲眼神的暖
你于其中,仔细探究沉睡的乡音

星斗重逢,熟悉的虫鸣解读
军号、隐秘的鼾声和生活的真相
伪装网的缝隙间,泥土托举着防寒车库
耳朵中的装甲,既柔和,又邈远
这一刻,你抚平苦难的刻痕
在充足的爱意里

压碎的唇膏

月光轻盈,月下影沉重
营地上,故乡的玫瑰散发最初的香
挥手后,思念的枷锁
来自一支留有暖意的唇膏

高原寒冷,夜晚风烈
嘴唇在冰霜中乱舞
距离增加甜蜜,时间浓厚美好
简单的事物,更有深意

而步枪不识柔情
钢铁覆盖丰满的喜悦
当破碎的心意在清晨苏醒
你无法原谅和衣而卧的星宿

炊事班长

吊下一根绳子,从伪装网的边缘——
其实,就是一只鸡和一块猪肉
凛冽的喜悦,从中秋节开始流传
那时,炊事班长听见呼吸深处的风声
(一百零一个心跳,在红霞中轻轻摇曳)

呼唤恋人的声音奔波很久了
岁月在味蕾上,刻痕
他说,"等过年的时候,请你们吃腊鸡腊肉"
帮厨的小战士,眼神碎成了湖泊——
一千五百个日夜的坚守
化为两颗划过故乡的星盏

防弹墙上逝去的爱情

远山间有爱情,草叶上有笑脸
大自然慷慨
醒目的香烟火星,映照皑皑白雪
以及决绝的话语

落雪前,信笺怀抱邮递员的体温
并赞美硝烟下的和平
高原缺氧,没有四季,却有轮回
自由的网络,中止
视频时不敢露脸的谎言

防弹墙,是一道闸门
失恋的战友
释放落差四千米的守望
扔掉烟蒂,也扔掉
刀刀见红的情感利刃

她的生日

请战书发烫,边境灌注生机
你记得风之快,十分钟休整
空气中填满沙土
你记得夜晚月光之慢
过冬大会战,物资充裕
所有的坦克、步战车和火炮
有了温暖的窝巢

等候的命令,唤醒脑海中
某个沉睡的区域
整装待发,留给亲人的小纸条
如大梦初醒
你忘记了,翻山越岭的安静
她立于蜡烛的中央,面前的光
也有你赠予的一份

下象棋

在高原,眼前是石塔、尖峰
和无垠的冰川
那些雪崩、塌方、落石……
是一张孤独于世的相片
仿佛光阴的传说

训练结束,风和尘土
描摹不同的战术
旋涡抬升衣衫和脸颊
一张象棋盘在战士的面前
变成充沛的战场

厮杀声穿破云层,白天的血与汗
透过石头的鸣响
周围似乎愈发安静,热烈中
享受的一份爱好
蕴含着接近心酸的快乐

炸点

就在你跃起的瞬间
一片羽毛，从金属背后的时空
飘来，带着骆驼、狮子和婴儿
山川静默，坠落的牢笼
在雨幕的尊严中现身

你似乎渴望，校正悬崖的误差
（泥土的真相破碎且圆满）
那些解药，真诚且困惑
你试图拥抱经过的每一扇门窗

立足于一个夜晚的侧面
你抓住月光的滴漏，悲伤着
等待又一道闪电，或者黎明

抵近侦察

空气移动,敌人的警觉
陷入鸟鸣设计的旋涡
我们的身形,返回
某团暗影的内部——
可以更轻盈,可以更透明
顺着叶脉或者石头的纹理
建造一场不需要携手的爱恋

光线庞杂,抵近的信号
转达古老的暗示,地理坐标
在迷雾的背面蔓延
物极则反,器满则倾
——完整的记忆覆盖着残缺
迷离的烟花,有红绿蓝的基调
我们从迂回的偶然间,捕获必然
并将进攻的秘密,藏于迷彩的波涛

微风,模拟最后一次吹拂

弹奏着花瓣的尾音

在敌人的意图中,我们极速隐身

装甲突击

黄沙如盖,连在两山之间
训练场的道路于轰鸣中,扩大回响
像一首源自故土的歌

此时,山色轻盈
夕阳的波浪,集结
坦克、步兵战车在枝叶上颤动

雷霆到来之前
微风的流向发生改变
战士的眼睛,距离阳光越来越远

装备研究

你很难确定,下一批配备的武器
拨开怎样的谜。你曾经的
困惑、障碍和不甘,在流线的歌声中舒展

你想象着更远的太空、更深的海洋
以及闪躲的电磁,伸手的渴望
需要面对蔚蓝的引力、白色的压强
和无声的曙光

你也确信,没有挪不开的阴影
未知的金黄,仿佛预言
两种耕耘与收获,更多的邈远与无尽
近在咫尺的花朵,触摸后开始风化
继而成为粉末。之前的憧憬
带着没有关联的遗憾

你说，要有光，要有某种深刻

真理不是秘密，为了褪去常识隐蔽的壳

数据更加小心翼翼

时间和空间逐渐远离所谓的神启

你没有耽留在风的表面

那代替你到达的，是繁星下的爱

（你反复着一种波形，不仅仅因为彩虹）

孤独与明亮，交换同等的漫长

也始终有一扇窗，闪烁着烛光

在酷热、严寒、极湿的雷霆过后

你迎接又一个精确的朝阳

战友告诉你：已列装

胜利返程

阵地安静,军徽、肩章和红色的花
泛着微光。此时,云朵注目
模糊的雨滴,在故土的祥和之外

欢迎的音符和律动的人群
揭开内心的空白
那些拥有暖意的事物,比如
掩体、弹片、断断续续的电台
加入太多的深与重

我宁愿,把月亮还给黑夜
把蜂蜜还给花香,而
悬崖陡峭,冥想的毒
赋予鸽子悲伤

我知道,如果重新选择

战友们还会抚爱受伤的白鸽

我也会怀抱一切疼痛之物

包括：呼叫炮火支援的声音

伞降

洪流集结时,花朵开始降落
没有声响,没有四季的变幻

穿过一片云彩,仿佛
越过故乡的河。盛开、飘散
是一次幽微的抒情
带着鲜明的诚意,追寻柔软之物

高山间,平原上,或者
密林里,瞬间出现
搭建一场暴风骤雨的爱
制造一段单向度的告别
把诡计剔除,在光线之外

她的影子,最先抵达
像先知,与每一株草木续写情缘

世界被放进一首贺词
那些四散的灵魂和高举的橄榄枝
隔空对视

其实,她已呈现新的羽翼
跨越比星光更深邃的目光
当被发现时,她已成为
山川的斑斓,或者避风的港

轻装上阵

不是每一朵玫瑰
都是爱情赞美的不可或缺

卸下干粮,卸下水
在密林或者溪流中奔袭
还需要卸下挂牵,包括生死
和命运赐予的阵痛

日月如尘,驰往高地的脚印
近乎纯净
喜鹊的叫声,漫过脚踝
道路相似,陷阱不同
正义需要一场朴素的灌溉

而伟大的命名,需要爱的眼睛
破除重负的花哨
情感的黑色占领每一寸荒芜

点名

炮弹完全消失之前
集合的号音始终隐蔽
于无线电台,或草叶上露珠的光
灼热的车辙间
红与黑、生与死,反复试探

终于,亲切的名姓
响亮于一处掩体
花名册展开,容貌开始陨落
熟悉的笔画,断流在眼泪的内核
像从风中被随意掠走
复又脱落于火焰

此时,故土也等待远行的孩子
时间的雨滴蓄满天空
在训练场饱满,从战场流失

战斗还未结束

我们在花名册中飞翔

在花名册中重聚

前线

离死亡最近的人
最先抵达生活的真实

当子弹唤醒呼吸
奔跑、卧倒、匍匐……
成为肌肉的记忆
必须忘却自我
让眼睛布设一组抒情
让胸膛重复绽放的山河

是的,如果沉迷于惯常的理解
盛开的武器瞬间衰败
硝烟吞噬太阳,弹片遮蔽星光
胆怯的懦夫,被泥土诅咒
没有比勇敢更治愈的解药
手臂生出的火焰

在失而复得的城池中，缝合绝望

最后一丝生还的希望
留给更年轻的战友
让隐秘的光环，置入下一个黎明
而河山大好，如何离去
也将如何归来

当再次启程，涟漪浮现
你转身，向故乡道了一声："早安"

傍晚的天空

伪装网高过指尖
在斑斓的光影中找到自己
越发困难。而故土嘹亮
跨越喀喇昆仑的海拔
隐形,于黎明后的朝阳

今天,层叠的云朵
是被呼叫的空中支援
倒置的悬崖,填平落差
你在蓝的启示里
钻研大军压境

一群归巢的鸟儿
把真实的信仰
植入你遐想的谜面

晨露

被云朵包裹,我与你开始对视
倾泻之门,你想给我更多
包括美梦,和清晨

子弹划过,堑壕的歌
多么遥远,仿佛
闭上眼睛,然后睁开

草叶飘摇,雷霆征服一座城
大风浩荡,战斗的号角
鸣响在昨夜

相遇终是漫长
离别就在一瞬。卧倒后
能否再次起身,是个未知数

就让尚未完成的，先行吧

你湖面上的雪花，越来越宽阔

我在湖心里，浮浮沉沉

阵地旁的红柳

戈壁风长
红柳梢头的明亮,大于晚霞
叶片打开的光线
是战地坚韧地絮语

任何事物,都有一种组成
仇恨中蕴含爱意
围剿之后,是演习的绚丽
呈现另类孤独

老兵的手艺

阵地是厨房。老兵的
手艺,为勋章提供色与香

袭扰、掩护、突围……
弹片和烟尘翻滚
欲望的世界,用秘法彰显力量的春意

晨露、彩虹、星光……
战争的火焰里,胜败锻造善与恶
不同的谱系,解读佳肴的血脉

旗帜擦拭夕阳的釉,敌人的伎俩
被风雨搁浅。老兵依然察觉一种苦
被稀释了两百万倍

构筑掩体

炮弹刺向天空,在雨滴上飘散
苍翠的骨骼,把泥土
折成一面鲜红的旗帜
在新一轮浓云聚集之前
我们必须描绘第二道彩虹

寒冷、灼热、潮湿与风吹
比武器锋利,比对手迅速
此时,月光正好
一切馈赠都是美妙的存在
我们在一张图纸里,用逆流的星辰
勾勒太阳的时间和角度

老兵的夜晚

风涌动,打磨淋漓的身影
暗处的虫鸣,分割现实与梦境
帐篷的嘱托,与星空
一同陷入远行的记忆——

挥别的站台,蓄满歌声
一个人的窗口,最终与秋日握手言和

他所希冀的沙尘和口令
于眼睛里发芽,并
逐一命令每一块骨骼

风,再次经过
他在渐渐平稳的呼吸里
亲手扶正新战友的军姿

回老连队

一封闪烁的回信,反复
弥补青涩的空白
时光紧促,行进的赞美
抚爱星辰和哨位

连队日志斑驳,养育猛虎
背景的蹬音,打开梦的气息

歌声还会消融,曾经的战友
褪下哽咽的词语
再次展开尘封的暖风

伤痛

深浅不一的痛,在夕阳里

延伸,装填的要领、瞄准的角度

和行驶的方向

伪装网下,故土深处的苏醒

扎根手心,阵地

倒映着寂寥的麦香

领地高过羽翼,旗帜归于内心

训练时,伤口

更湛蓝,更清澈

老兵从热烈的高原

抽出身,让疼痛

成为武器或胜利的一部分

雪,开始下

空气贫瘠,沙尘
距离战车遥远
隔着多少悲喜

帐篷,不再轻易谈论
生死,有些界限
需要一遍又一遍忏悔
(一片星空沉湎于逝去的记忆)

漂浮在指尖的,是
一剂诠释光阴的良药
把演习的秘密
隐藏于昆虫的啁啾

一次次延续,也一次次暂停
爱与恨的行吟
一夜间交出暧昧的踪迹

训练场

夕阳开阔,阵地的脚步轻盈
战位上的烟尘,还在降落
当你再次转身,风中
已有两片黄叶

夯实的泥土,是否
留着当年的汗水
手指间的心事,化为
一朵自我辨认的霜

季节纵容苦痛,豪迈的种子
终将开出寂寞之花

离别谣

炮弹是阵地的血液
你是，我越发消瘦的原野
战车收敛的轰鸣
依然带走相逢的刹那

一张回首的照片
隐藏于无法找寻的站台
幕布温暖，秋已过半
稠密人群中，你的闪现
是我没有胜算的伏击

开火

阵地如花,颗颗炮弹
是雨,擦亮天空
身影像露珠,装填的动作
划过焦土,继而
射击后蒸发

秋天的身姿越来越小
一轮演习,把我举过冬夜
雪花在战车外,对望

此时,我的影子
走近巨大的孤岛
于隆隆的清晨
完成一个闪耀的叹号

钢盔

空爆弹、榴霰弹……
不同的金属缭绕,战斗的历史
震颤,在一片锈迹上

某个眼神,穿过爆发的微光
在堑壕上方定格
秩序的奔跑
被更深的闪电覆盖

钢盔,是掩体的呓语
增加了乌云的厚度和韧性

碎石叽叽喳喳,弹片相互撕咬时
展示出优美的弧线

训练场的沙

整理灯光,启程的号角
灌满风声
训练场,是道别一天的老友

运笔需要功力,也需要天赋
为了写好"实战"
我和我的战友需要
一百八十个日夜的反复馈赠

胸膛蕴含惊涛骇浪
也吸纳黄沙
纵使穷途,纵使围困
旋涡中锻打出来的
始终是一枚希望的火种

演习结束后的清晨

帐篷托起的蓝天
已让我们追了九天九夜
此时,云层与阵地恢复友谊
小鸟与青草互为镜像
阳光,像海水
填满伪装网的空隙
一直躁动不安的虫子
栖息在阴影里

集合的号音,温柔了很多
连长讲评的词语,落向
我们的手臂,成为一簇簇羽毛
对手撤退,梦乡尚浅
一朵朵不知名的花儿
构筑起无数重逢和告别

构筑阵地

此地,太阳是一位苦行者
光线上,饥饿的空气陷入严寒或酷热

连长指尖的一抹沙
越过战车,在河道枯萎的心里
引出一朵盛开的井

此时,一百双手,抚摸逃逸的云彩
一百双脚鼓起烟尘的翅膀
泥土逐渐苏醒
阵地前的废墟,与金属达成微妙的和解

旧军帽

帽徽是清晰的星辰,在天际闪烁
是精确的表针
钟摆摆动,洗礼我和我的青春……

当取出泛白的军帽
也取出了一条缠绵的小溪
溪水时断时续,最终漫过我的眼睛

还是放回了原处——
玻璃的反光,抵达肩章
新式军帽,已经熟悉我举起右手的轨迹

水壶里的秋色

眼睛干渴,行进的道路

开始朦胧

一道堑壕忽略了左右

腰间的水壶,是金灿灿的云朵

笼罩成熟的草原

水声欢快,丰满的光线

顺从花草的走势

牛羊泛着洁净的喜悦

我的战友手握天涯

唤醒清风

打开另一扇秋意之门

阵地尽头

阵地的尽头

不是田园

而是

不断加高的火焰

炮弹和士兵

汹涌向前

黑色的花朵绽放

庄严且神圣

无法漫过

无边的虔诚晚霞

登高

登高未必望远,却望见
烟雾,离永恒更近的一生
也望见被忽略的故乡
如光阴的落叶

不留名姓,不留踪迹
进入被描白的历史
——水滴悬浮于空中
似乎没有上升,没有降落

有线兵

同样擅长的,还有种植
对于十八岁的期待
可以养活一部单机

九公里的暗语,丰富
被覆线的涟漪
一束阳光于接口处
让话筒中的果实渐次饱满

当然,天气变幻
花期短暂,下一秒的呼吸
写满授粉的誓言

更像红柳,排除炎热和皴裂
以及武器、炸点
让关于收获的喜讯
在贫瘠之地起伏

营救

星辰起伏,月亮坚韧
风儿传递被围困的信息
一丝气息,点亮一盏灯
全部的阴影正在凋谢

云朵的缝隙,隐藏玄机
一排巨浪之后
秘密的星光闪烁了一下

袭扰

月光抚慰阵地,冲锋号隐于溪流
你熟识的山石纹理
像大地的影子,晃动

你隐蔽的声音,是流年的爱恋
那段硝烟,悄悄涌向另一个战场

天空的背后,是生成的迷雾
水波荡漾,原始的仪式不断汇聚
仿佛万花筒的缤纷

在风的怂恿下,你忽明忽暗
敌人伪装的黑洞,破碎、飘散

· 第三辑 望星空

夜哨

熄灯号音,暂停

帐篷的鼾声起伏

肩枪的节奏愈发明快

仿佛,今晚的月光

洒向轻盈的山川

手心呈现黑色,而哨位的

眼睛雪白

全连一百对耳朵汇聚

过滤风的私语

营地变小,空气的衣裳开始单薄

哨兵透过单纯的事物,掏出

一团开阔的火

让大地温暖,草木回春

几枚散落的星辰，游走
在战友的梦境。外在静止了
晚霞与朝阳的距离
足　个扳机的厚度
哨兵，怀抱钢枪，与阵地研究
争论了一个白天的战术

伏击

当隐藏于草叶的露珠下,或者
树木的皮肤中,我们等待着
一道闪电,暴雨里与秘密相约

我们知道,某个区域
缓慢地生长、腐朽,谋划着
一场燎原的火
(敌人的兵书,呐喊中逐渐泛黄)

此刻,必须节制,成为一片空白
甚至黑暗。呵护微小的烟花
我们知道,沉静背后巨大的声响
包括昨夜谈及的牙齿的汹涌

当一片树荫开始被淹没
燃烧的梦境,在山川的腹地
一跃而起……

渗透

是枝叶间缓行的风
是山石里潺流的水
是敌人恍惚的雾

似乎冰冻的月光下,一只蜻蜓
逐渐苏醒展翅的瞬间
空气的绳索开始收紧
隐忍的教诲
释放,缄默之声

山河万重,没有一丝多余
战地的温暖,源自
一片缓慢的雪花。有时
故意暴露的脚印
延续猝不及防的快意

战士和武器，有不同的口味

他们在一缕风、一滴水

或者一团雾的破碎里

与敌人形影不离

界碑上的霜花

昨夜安静,慵懒的叶片上
闪烁着潮流的馈赠
曾经深爱这条边境的乡亲
带着问候,融入故乡的呼吸

风已拂过,血泪凝结
鲜花献给英雄
而霜花留在界碑
仿若对我们的嘉奖

清晨,阳光终结黑夜
我们收集霜花,互道"早安"

不说再见

楼道空旷。望向远方的
眼睛,更空旷
毕业命令已宣布
这个夏季,从图书馆
到训练场的道路,隐隐约约

车窗外,树影模糊
空气比原来更加寂静
挥动的手,在一年前的相框中
噼啪作响

该走的终归要走
该来的终将要来
时光起伏,岁月易老
我们置身于满天星斗

就在某时某刻

你我留下的回声

道出，另一种相逢

海训

浪花在沙粒上入眠
迷彩服的汗渍,仿若连绵的海岸
紫外线,是响亮的雪花
覆盖肌肤的秘密

一股海水深入胸膛
一只海鸥的翅膀,天空中
泛着荣誉的光
面对不同的汹涌
唱响不同的歌谣

臂膀迎接朝阳
五公里后,是另一个起点
队列里,训练成绩登记
散布着去年的气息

骨骼失忆：暴风巨大的镜面

重新映照眼神

波涛依旧，脚步不惊

战友们在落日里，奔赴另一个故乡

南陲

丘陵告别妩媚，水乡缺乏鱼米
北回归线以南，大雁未能南归
这里不是南方，谓之南陲

界碑，是阵地的核心
每一条巡逻道，都是闪耀的勋章
记录峰峦沟壑的线条、符号
永恒印刻，在新战士的脚下

他知道，"疆"字后面
必定深藏着挽弓辟壤的凛冽沧桑
也清楚，"疆"通"强"
而营盘山，依然是营盘山

高原战士

——那个坚韧的身躯
正立在故乡和战场之间

眼前的风景,从平原变成草原
从沙丘变成沙地,继而是雪山

正值黄昏,晚霞燃烧天际
在念青唐古拉山,溢出手心的
星辰追逐着一轮满月

白雪如墨,空气挥洒新的高度
皮肤的鸣响,在寒风中侵入肌理
此时,冰火两重天

坚守还是告别,始终是个难题
留下来的理由只有一个——

没有人生而勇敢，有些人选择了无畏

一名战士的荣耀
由无数裂口、伤痕和梦境组成
草甸、兵器以及远方
深入五角星的光芒

红花油

在高姿匍匐和低姿匍匐之间
尘土上有搓热的关怀

班长的眼神,仿佛晨露
逐渐明亮
而他已挥手,告别的祝福
随着车轮飘散

无端的话语,训练时回响
曾经的伤痛是夕阳的光芒
他在光芒里,带着久违的笑
似乎没有离开

红花油的气味,激荡了一夜
初升的太阳,像个玻璃瓶底

营房转身，胸前的军功章

滑过熟悉的面庞、浓烈的黑烟

和不再孤独的底色

挡风墙

山谷寂静,战车的轰鸣

灌满道路

若隐若现的古木上

有苔藓和雷击的焦黑痕迹

浓雾牵引风雪,即便

已是暮春时节

我们当然记得,那面

挡风墙

墙上的松树,已经半人高

新兵下连

誓词,是雷霆延续的桥梁

删减,或经受日月馈赠

都是穿越一扇门的解答

红花青涩,始于迷彩之歌

你转身时,帽徽、肩章上的五星

释放光芒

仅有梦境,容易落入障眼的迷雾

仅有志气,也会陷进石头的花瓣

"大雪满弓刀",你紧握古老的秘诀

追寻田野里最初的希望

比如,隐忍是另一种风暴

一个在流沙中淬火的人

锻打战胜一切虚空的影子

今天,营盘步入彩霞的浪潮

你重新为自己着色

先遣

有人知晓,寂静中声音的遗迹
有人知晓,湖面下水波的暗示
一块凸起的岩石
最早接纳海浪的孤独
率先飞扬的旗帜
遭遇,初生的阳光

脚印悄然,忘却自我
山雨欲来,遁形于短暂的蓝
没有需要道别的雪
没有围火取暖的烟尘
一朵花在春风抵达之前
点亮沉睡的土壤

夜间起降

海风温和,甲板
在月光下起伏
浪花比往昔高了半米
岛链、防空识别区,开始婉约

灰蓝色涂装,逆光而行
"飞鲨"在光线中复活
远眺海洋的眼睛,浸透着
火与泪,黄土层的历史
足以续写:传奇

触舰复飞,阻拦着舰
对于一位战斗机飞行员
方寸之间,操控崛起的演变

快速索降

风,被扣押在螺旋桨的叶片下
沙粒组成波涛的呐喊
绳索,按捺不住火焰的黑色
让青草隐藏于一桩心事

金属环鸣响,从迷彩中穿过
脚印,在三十米气流里追溯
敌人,未能欣赏流星的美

编队飞行

这轰鸣,让人欣喜
像雄鹰,骄傲一方澎湃的土地

多日前,他们迎着朝阳出发
飞越老营盘的树梢,滑落的星辰
透过飞行教员的心

他们必须保持隐忍
即便面对冒芽的春色,和
分裂的蓝天、海面

今天,他们证明同样的际遇
哲理莫过于此
当你心存善念,敌人更信奉厚与黑

子弹

金属,闪耀着圣洁的光芒
像一件艺术品,汇聚
关于美好的向往

火药不分善恶,瞬燃
空间的精致
满足娱乐,或者
制服一种口粮

膛线旋转天地
弹丸与空气发生微妙的关系
救赎了物理学、化学、空气动力学
以及某种工艺

所谓文明的产物
仿佛始终有一颗纯净之心

瞄准

从指间逝去的爱
隔开与暮色的邂逅
让你忆起一处疤痕,和
另一个春天,以及
一双举起的手

火焰移动,山巅锈蚀
镜头里的时光,是
尖利的哨音,呈现一种警示
——泪珠坚硬,唤醒
命运的无处安放

你也终于承认:每个人
都是靶标,被生活的子弹
紧紧锁住——
时刻准备着,击杀

经过玄奘之路

似乎遗落了一些记忆
在西安起飞的航班上——
从大慈恩寺祷告出来的香客
漫步在大唐不夜城
梦里闪现的沙粒,开口说话
月光磨砺着驼队铃声

我还是联想到了一些生长和枯萎
它们呈现不同的形式
比如:经书、壁画、城池……
脚步已经老去,铃声依然清脆
无垠的沙石,曾经以交汇的语言
告知一种开启:以问所惑,以释众疑

此时,画卷还在红柳梢头醒来
炽热的光,陈述

烽燧隐藏的部分——
真实越走越远，只剩下
一个轮廓晃动的背影

眼前，零星的疏勒河
吸引大漠深处依恋的脚印
我要继续走，带着敬意
像行走在莫贺延碛的离别——
遥远的辩论，替代孤寂
涣散的心灵渴望回音

谦逊的夕阳不朽，归于云朵
我把洋水海子旁两扇金黄的城门
比喻成与春风有关的悬崖
比喻成石磐陀和麻鞋
除了《大唐西域记》
还有什么比经文残缺更全的天地

莫高窟

风,从铃铛的爱恨间拂过
驼队走进赭石与朱砂的交融
青金石中,佛慈悲,鹿语安静

宕泉河边,香客虔诚赴会
老树遍身疤痕
空中乐器释放的音符
讲述天地众生与昨天的净土

自我的照见,在阁楼回响
飞天的四种语言,透过四方花砖的斑斓
守望千年,青丝又化作微雨

玉门关卫兵

旗帜是个未知数,解读远方
面前,是骏马遗落的村庄和酒香

眼神在虎贲弓的弦上
被雕羽箭引向天空
界碑在云层中,不断
变换位置。羊群始终低着头

玉石里的骆驼,穿越沼泽、长城
以及城门……
落日安详,杨柳清新
张骞、安世高还在路上

旗帜依然,在盔甲里或指缝间
留下,春风的烽火

巡逻记

四方形城堡
一个卫兵无言地诉说
风声猎猎,"汉"字旗
构筑新的长城

这是小方盘城
漫天星辰,醒来
刀剑的影
落在光滑的石头上

缓慢的月亮,再一次
从死的深渊里把生托起
野骆驼的蹄印,披戴
红柳的波纹,回声空白

沙粒是遥远的譬喻

领受时间的沐浴，以及

你我不知晓的呼吸

沙粒上的倩影

玉门关以西
你对沙粒有几种赞美
一种是水滴歌唱之前
驼队的铃声,一浪高过一浪
一种是纷繁的信号,越发响亮

——溢出金属的骨头
以及沉默的荒蛮

是的,月光磨砺梦境
你的眼神,如激越的曲线
远方沉浸于故乡的深蓝
微风复原你的影
你汇聚一段全新的时光

小欢喜

春风耳语,雨落檐下

月光照耀足迹

雪花流浪天涯

天有涯,地有涯

此生有涯

一江水,你还认识哪一滴

当沉浸于相识别离

星辰打磨你的一生

仅剩下无声息的白发

白发生,不悲伤

天空安详,你的欢喜

播种在路上

玉门关

玉门关，昆仑山美玉拨开风沙
玉门关，金色城门守望驼铃变幻
如果大醉醒来
心中必藏着一把激越的剑

玉门关，十三勇士洗礼烟火离别
玉门关，春风已度，山河绵延
如果放不下尘缘
长安的花，缓缓召唤

玉门关，云朵给你
星辰也给你
夕阳下，开始描述
无始无终的轮转

戈壁滩的脚印

水滴描述沙砾的悬崖
此时,阳光锋利,视野消减——
这里曾遍布足迹

人类追逐的方式有多种
比如旗帜下的刀剑
比如烽燧的烟火
比如长城……

翅膀老去,天空依然年轻
歌谣在金属的光芒中
传播,脚印与脚印穿越烟尘
于抒情时,重合

手指,深入非分的风中
摸索着,阳光以外的事物

火网

夜幕无言
星辰如灯火
一束束烟花绽放
在岩石的掌心

火炮并不孤独
抒情的低音,回归
月亮恍惚的背影

数据采集

曲线在原子上舞动
——似乎是注定的姻缘
反复的攻守,才能
矫正靶心的幸福

到时候了,火光牵引云朵
风尘聚拢阳光
一场饱满的收割
展开金黄

小方盘城

驼队并未走远
驼铃的回声鸣响
在西湖中

把沙尘给出关的甲胄
把旗帜给手持刀剑的卫兵
红柳沉浸在游走的烟火
疏勒河起伏,如夕阳的笔墨

如果感怀流逝
石头倒退,太阳东落
我们希望:驼队
渐行渐远,山河依然清新

集结

光悬于头顶

你必须冲破风的指向

或者路面的挂牵

沙尘填满的空,呈现

不同形状的光芒

现在,脚步随着太阳和月亮

奔涌在浪花上:通常

伴着冲击礁石的低语

家园隐于身后,指尖告别指尖

现实的快乐,源于

过往的苦痛:那时的烟火,折断

于掩盖的野心

必须更加壮阔,必须更加洁白

汇聚的眼神,覆盖星空外的黑
有人在暗中击鼓
有人在细数故乡的灯盏

母亲的身影,闪现
于秩序的方阵
你的呼唤
是家园关于勇士的叙述

沙尘暴

不用怀疑大地的法则深入天空的纹理
不用担心琵琶的尾音落进阳光的嘴唇

当无意识地抬头
关于阴暗的另一种诠释是不对称的浓墨
在人形的空白中书写瞬间的体悟

忍住一段流言,像反复慰藉的奇迹
可能成为一块卵石
不断失去坚硬的语句
继而沉迷于温婉的向往

更隐秘的想像,陷入聚拢的眼神和牙齿
你在狂野里开始消散
旧事更旧,寂静更漫长

时光流动,不张扬,不喧响

转达:关于生命的虚无回音

炮火与星光

火苗闪烁

在紧急集合之前

夕阳长出冰冷的事物

万物皆可苏醒

空气蕴藏着一座宇宙

你盯着远方,将烟圈

套住山巅巍峨

此时,雪域茫茫

也许,你用了半生的努力

才对戈壁的蓝产生信仰

也许,你提取体内之火

才对深海认同孤寂

也许,你对世上的一切

不评论,不表态

才能落入丛林的叠嶂

觉醒啊
阳光下被风催促的叶片
火焰间灰烬的幸福
你明白,不必了然于心
有些意外改变了花开的季节
比如炮火,比如星光

界碑谣

纹理再现,某种逻辑的数字
再现:文明征战的结论
暂时定格

不祈望远方,也不奢求一场爱
传说,从一缕风开始
止于一片雪花

呐喊声消隐,空中有金属和火
划过的印痕。鸟鸣回归
夕阳下的影越发安详

没有绝对的平静
回声萦绕,描红的手保持柔情
握住警惕

记忆容易,遗忘也容易

一轮背影模糊,一轮面容清晰

月亮越发消瘦,越发丰盈

戈壁的风

伸手握住，伪装网下有力的斑点
沙尘不断变换位置——
他四处为家：唯有流浪
才是存在的意义

他以包容之心，接纳万物
有人在其中消散，以不同的方式
盘旋、降落……

对于戈壁，任何跨越
哲学的努力，都微不足道
父亲经久的沉默里
命运布满凸凹
仿若雅丹，仿若罗布泊

——玉门关外

试图仰望蓝，或者
更清晰的影。风声吃紧
你尝试在满天的启示中
寻找支援，寻找瞬间的美

冲击波

刺杀,空和有形之物
从封闭的怀抱里,摆脱
某种溺爱
该告别了,夕阳巨大,灯盏微小
扩张的火焰,陷入故土的呼唤

气流洁净,卵石平和
一切似乎源于甜蜜
可登更高的山,可涉更远的水
光芒照耀的事物
让明亮的部分依然明亮

不连续的刀锋,落向大地
膨胀的欲望迅速生长
如世界之外更大的世界
从过往中抽离一条回归的道路

那些生老病死,在暮色里

被点滴描述,就在告别的时辰

你说:江湖遥远,珍惜现在

营房外

一阵沙尘,穿过
伪装网,扑向营地
我在野战板房里
透过窗户观看

他只是路过,并不试图
制造邂逅或饶恕
哨兵依然站岗
我继续写一首题为《沙尘》的诗

一只鸟飞过车窗

车窗外,也许后退的
只有沙尘和碎石
远方厌倦纷繁的歌唱

一些往事弥漫过来——
如果一只鸟重新出现
就像从未谋面的熟人
与我擦肩而过

他们被时间扣留,不再回来
直到被一小股风唤醒
疼痛时,说出……

落点

骆驼刺,在星空下旋转
遥远的信息更加遥远
各类金属的光,寻找
黑白方格内部隐秘的影

燃烧的方向驾驭风尘
驾驭生命的任意
呐喊过后,生活的悲欢
开启破碎的哲理

爆破

大地的毒瘤,空气的狂欢

我们热爱的细节

下一秒产生仇恨

没有不变的形态,也没有不了的情

北风,如若温婉

火药开始缠绵

沉默过后,一滴秋雨

散发醉人的麦香

进攻

是时候了——
有人手捧光芒,深入金属的底部
有人怀抱清晨的露珠,书写阵地的风尘
有人打开闸门,渴望
在未知的黎明中,接近诺言

月光更加皎洁,无数个挂牵
被打进阳光的补丁
也许无法回头
脚步轻柔,泪水沉重
一种暗香,源自召唤的心跳

必须给呼吸留白,并
签下隐藏的昵称
待夕阳染红天际,向新战友
讲述:爱,以及幸福

望星空

戈壁遥远。阳光的诉说
在沙粒上渐渐静默——
回忆,是一种内在的奢望

朝阳下的露珠,深入
黑夜的眼睛,如泪水滑落……
不同的季节
陷进同样的盛开与飘摇

太空里清晰又模糊的影
银河中抬起而放不下的手
以离别的行列
让冰冷的沙生出重复的温暖

张开臂膀,北斗七星一点点接近
怀抱空气,二十八星宿

肯定一个接着一个的否定
——仿佛现在，身处一排细浪
上升，融化

大漠秋雨

这是一个值得怀念的日子——
敦煌酝酿夜晚的伤感
终于落向未被征服的掌心

风声里,沙漠的往事
被琵琶演奏,你的容颜
定格在无声的部分

红柳的枝叶,开始接纳
更久远的告白。你的
渴望,更加热烈
遗失的秘密,一寸寸还原

越发古老的仪式里,你尝试
守护流泪后怅然的尘间
重新收集被称作爱的遗物

坚守

遍地的沙粒,依然是

最契合的挚友。水墨的云朵

开启新的一天,你

步入仍在消融的烟尘

步入捕捉轨迹的镜头

火光充盈之前

你需要以示波器的曲线

重新构建一个掩体。此时

敦煌平静,指挥所的呼点声

一浪推着一浪

呼叫火光,呼叫硝烟

阻击暗影,阻击野心

你用时间赢取宽容

用胜利续写和平

一束光

砾石托起的，是一种
瞬时的果实
对于栖居于此的生物
向黑暗阐明虚无或失效
大地的味道不确切，风中
摇晃的一抹红
拒绝破裂和腐败

早起赶路的人，在光线上
钻开一个缺口
你如何进入
不具备真正形状的隐喻

少年的抒情模棱两可
自我反省一再迟疑
种子的沉默，隐藏于

赞美和期待

轮转由来已久
没有事物跨越死亡
包括你我,包括譬喻
仿若盛夏时
父亲捕捉泥土里的蝉鸣

回望

松影在山脊,蛙鸣在莲上
花落在风中
凝望表盘的眼睛
是黄昏里越发透明的组成
森林尽头,一个村庄最后的安静
折射纯洁的光,和曾经的荒芜

似乎忘却所有的停顿
拨正指针,延续原有的时间
那些旧时光,缓缓落下
此时,听雨的人,成为一滴雨
生活的迷宫,反复一部戏曲的念白

不愿道别

玻璃倒映微张的嘴唇
难以回首的时刻
像暗夜中逐渐消融的唯一光源
终究难以轻盈地走
转身的时刻
爱被泪水瞬间呈现——

或许，我们本该擦肩而过
避免交集和仇恨
而影子部分重叠后
一切无法停顿……

月亮讲述着昨天
彩虹虚构着来世
曾经的琴弦，演奏此时的圆缺
我们相视一笑
开始遗忘第一次回眸

昨夜的梦

昨夜的梦中,光线打开黑暗的门
饱满的月亮填补大地的空隙
(世间的伤心人渴望流星)
天空在巨大的乌云上保持沉默
纷乱的线索,隐藏你我一生的际遇
当决定为了目标而去热爱生活
让曾经的流逝,让未来的呈现

那些真实的,那些虚构的
在歌声里成为尘埃——
你试图挽留一些等待
(情缘的行程布满幻想的欢喜和忧愁)
放下吗,放下吧
如果你见证生死
分离的灵魂,漠视意义的重要
言说的再见来自海角与天涯

矛盾的自我

窗外的一切,与你对视

隔着一层薄霜

仿若漫天的星星,或者

一个个游走的面孔

容貌越看越清晰

灯光阻止记忆

也稀释困惑

熟悉的难题姗姗来迟

你隐忍的愤怒

渐渐转移

直到,与废弃的答案

言和

窗外的一切,再次开始

在你抬头的瞬间

看到另一个

互为矛盾的自己

防空警报

当飘扬的旗帜,点亮天外的乌云
规律的呼唤,从风的侧影滑落

未曾经历的恐惧,在汽笛中
仿佛一场玩笑,波浪下的面庞逐渐凝固

盛大的离别,随呼啸的气流断裂
那些斑斓的记忆,再次陷入黑与白

偏执的真相,似乎是力量的唯一来源
意念的世界,警示自我的鲜明

现在,时钟指向明确,我们因为一种肃立
或者躲避,收获更多的安慰,以及铭记

休兵

玫瑰没有言说爱恨
迷离的色彩与魅惑的香
引起对刺的渴望
就像皇历上显示——
吉日，宜出兵，宜破城

英雄主义只有一种
今天，阵地缠绵的硝烟中
我看到夕阳的鲜血
庄稼的形骸，和母亲的眼泪……

我们之间，固定缄默
不害怕，不沉沦，并未留下惊喜
互为你我承诺的真实

某种启示

那么多光线折射在人流之间

太阳被自己的力量摧毁

那么多话语穿过急促的楼宇

脚步开始离开熟识的道路

如果你仰面朝向天空

成为一盏星辰

如果此时我感到某种预言

驻足聆听时化作一枚流星

——我们一同映衬着

黑夜的喧哗与巨大

爱情复活之前

无法感受彼此的暖与凉

当绿灯熄灭，黄色的警示跟随我们

陷入等待的快慰，就在此时——
你给予我的眼神，以及手中的紫罗兰
传达着关于红的启示

由清晨的闹钟引起

时针于清晨的表达
你在夜晚也曾复述
窗外,空气还如昨日
我们迅速老去

重叠的阳光,解析重叠的影
门前的树叶深深落下
泥土的香,寻找栖息的花瓣
鸟儿绕着屋檐飞舞

就像一场离别的仪式
越试图紧握,越容易流逝
谁在意返回时
空虚的眼神,与空荡的庭院

坟墓前燃烧的泪水

掩盖多少过客的忧虑
不同的经历选择同样的遗忘
当你沉浸于爱或恨

时间，更像在出演
一场无终无始的戏剧

重复的梦境

手机屏幕的光

逐渐黯淡

隐藏于窗帘的黑暗

瞬时占据房间

阳光下退后的事物

探出幽深的身影

困意消散

在越发沉寂的空气

你看见庞大的碎片

像面庞

隔着台灯的神秘

流动的人

从你手边孤零零地返回

偶然的入侵者

嘲笑着延伸的恐惧

好像，你已经

在这场梦里

走了很远

很远……

苏醒

你终会发明一种眼光
看待面前的光景
太阳起伏,星盏流逝
村后的坟墓,青草摇曳

你曾怀抱莫大的希望
一道光过后,是
更大的黑,更深的暗
你试图抓住的春风
随秋叶飘落

你曾端坐在世界的角落
仿佛一根稻草,能够救命
当新鲜的水滴淹没脸颊
你似乎听到一个声音
繁华落幕前的绝响

远方是一座孤岛
你尝试在漩涡里行进
今天，空气间浮动着
一张匆匆的面孔
月色依然明媚
让你如睡梦般苏醒

莫名

红色拱门在仪式的尾声
破碎。此时,我更加专注
你以及这个低矮的世界
一切尚在绽放,你的天空呈现
美妙的颜色,睡梦里
我也找到自己的世界

外部如此强大,让我
如此微弱。有时,为自己燃起的
灯盏,唤醒现实的一切
一阵风又消灭这一切,包括你

现在,空气惊慌,光线失措
倾注最后一丝气息的词语
滑落在玻璃上
你的影与我的影

对与错中重叠
昨日的故事反复出现

时间,有一个无尽的外延
苦痛,被压缩
进入一条沉默的线
一条划过双颊的海洋

开进

当晚霞的光透过狮子的鬃毛
昂扬的眼神,令山川感动
今天,所有的蛰伏在怒吼中
破碎。整齐的背影,步步
深入夕阳,深入星空
深入失眠的灯火,以及凌乱的脚印

你与远方

如果需要远方,你尝试无数次
将倒退或跟进反复,延续原来的时间

或者坐在山脚,仰望
从山巅下来的事物的足印

你承认,一些无法接近的界限
萌芽时存在,并一直存在
(变得更大、更清晰)

你想象着,停顿时享受一场暴雨
雨滴加剧悲伤,或者抬升脚步

你也曾说,时间有一个坚固的外延
击碎梦中的彩虹

其实,如果你与星空、海洋取得联系
让刀锋、绸带、花香,纷纷落下
(覆盖越发颤抖的心)

如果,你抛弃旧时光
忙碌的身影和名声,破碎于岁月的迷宫

或者,沉浸于输入的一点力量
真假消失,像尘埃隐藏在沉睡的沙漠
(此时,恋人遗忘彼此的眼神)